C'EST NOUS!

DANS QUELQUES HEURES NOUS ATTEINDRIONS LA VILLA...
ON ROULE À COMBIEN? DEUX CENT CINQUANTE AU MOINS? VOUS POURRIEZ ESSAYER HUIT CENTS À L'HEURE??.. NON?!!
PRÈS DE MOI, LOUISE ÉTAIT IVRE DE VITESSE...
PAUVRE NUL..
IMPOSSIBLE CHÉRIE JE SUIS AU MAXIMUM!!
LE MOTEUR DE LA VOITURE RUGISSAIT, ELLE DÉVORAIT LA ROUTE...
IL A DÉJÀ FAILLI ME TUER QUARANTE FOIS J'AI COMPTÉ.. C'EST GRISANT...
... J'AIMAIS ÇA...
C'EST À CAUSE DE MA FLEMME NOIRE,.. SI J'AVAIS EU LE COURAGE DE CHERCHER, J'EN TROUVAIS UN MIEUX QUE LUI.. ... C'EST SÛR...
LOUISE MA FIANCÉE, MA BAGNOLE ET NOS BAGAGES..
CLIC CLAC
ESSENCE
..JE SUIS HEUREUX TRÈS HEUREUX...
UNE GRANDE COMPLICITÉ NOUS UNISSAIT...
D'HABITUDE JE ROULE DOUCEMENT MAIS AVEC UNE FEMME COMME VOUS (ET POUR LUI PLAIRE) ON A TOUJOURS UN PEU ENVIE DE MONTRER CE QU'ON SAIT FAIRE
ET MOI.. ARRIVERAI-JE À PARTAGER SES GOÛTS, SES PASSIONS?..
PEUT-ÊTRE, CAR ELLE PARTAGEAIT DÉJÀ LES MIENNES...
..COMMENCEZ PAR ME MONTRER PLUTÔT CE QUE VOUS NE SAVEZ PAS FAIRE, COMME ÇA ON IRA PLUS VITE..

LA VILLA

ELLE ENTRA DANS LA VILLA EN SILENCE, JE COMMENTAI
JE VOUS AI DIT, CHÉRIE? LA VILLA APPARTENAIT À UNE VIEILLE AMIE DE LA REINE VICTORIA...
NOOON... SANS BLAGUES...
?
AI-JE COMPRIS QU'ELLE SOUHAITAIT ÊTRE SEULE? JE L'EMBRASSAI...
JE VAIS CHERCHER LES (SMACK) DERNIERS BAGAGES (SMACK)... À TOUT DE (SMACK) SUITE...
SMACK!
?
SA PEAU ÉTAIT PARFUMÉE.. (PARFUMÉE ET SENSUELLE)...
BRRR... CES LÉCHOUILLES DANS LE COU EN PLEINE APRÈS-MIDI... IL VA FALLOIR QUE JE LUI FASSE PERDRE CETTE HABITUDE...
CUI?
JE SOURIS,.. ELLE AVAIT HÂTE DE TÉLÉPHONER À SA MAMAN...
À UNE COPINE DE LA REINE VICTORIA LA BICOQUE?... MON CUL, OUI...
?!
ELLE BRÛLAIT D'ANNONCER À LA VIEILLE QU'ELLE VIVAIT DANS UNE MAISON DE RÊVE...
C'EST VIEUX QUE ÇA EN PEUT PLUS... ET IL Y A DE VRAIES TOILES D'ARAIGNÉE BERK!
JE SAVAIS QU'ELLE CHOISIRAIT UN DE MES VIEUX PANTALONS AINSI QU'UNE CHEMISE...
S'IL S'IMAGINE QUE C'EST MA POMME QUI VA TOUT FAIRE RELUIRE IL PEUT S'ACCROCHER, LA FÉE DU LOGIS A PAUMÉ SA BAGUETTE DEPUIS LONGTEMPS...
FRATT
USTENSILES (INDISPENSABLES À SA PANOPLIE) POUR ASTIQUER LA VILLA...
BFFF.. JE SUIS ÉPUISÉE.. POURVU QUE LE GRAND SINGE N'AIT PAS L'IDÉE DE ME SAUTER...
ZZZ
FLOUF!
COMPRENANT (INCONSCIEMMENT) QUE DÉGUISÉE EN SOUILLON ELLE ÉTAIT ENCORE PLUS DÉSIRABLE...
!
CHÉÉ-ÉÉRIE!!? QUE DIRIEZ-VOUS DE FAIRE UN PETIT STAGE AU DODO AVANT DE COMMENCER À TOUT BRIQUER?!!!?

LE PREMIER SOIR

AU LIT

NOUS SOMMES ENTRÉS DANS LA CHAMBRE ET NOUS AVONS FAIT L'AMOUR
MA CHÉRIE? QUE SE PASSE-T-IL? D'HABITUDE, C'EST L'HOMME QUI EST MÉLANCOLIQUE APRÈS L'ACTE...
... CE FUT VIOLENT, PRESQUE SAUVAGE...
JE... VOUS ME TROUVEZ ENCORE TRÈS COINCÉ, C'EST CELA N'EST-CE PAS?
CIGARETTE?
NON MERCI
JE L'AVAIS DEVINÉE SENSIBLE À TOUS MES ATOUTS...
ET POURTANT,.. SI VOUS SAVIEZ COMBIEN JE ME SUIS AMÉLIORÉ..
SCHIK
POILS SUR LA POITRINE, EAU DE TOILETTE CARRÉMENT AMBRÉE...
VOUS M'AURIEZ CONNU IL YA SEULEMENT UN AN, JE DORMAIS EN PYJAMA AVEC LE SLIP ET LES CHAUSSETTES...
MÊME EN ÉTÉ
SON PARFUM ÉTOUFFANT M'AVAIT COLLÉ UNE MIGRAINE DE CHEVAL...
VOUS VOUS SOUVENEZ, LES CALEÇONS AMÉRICAINS!!!?.. C'EST VOUS QUI ME LES AVEZ FAIT CONNAÎTRE!!
SI, SI!!
VOTRE EX EN PORTAIT N'EST-CE PAS?
MAINTENANT, ELLE FUMAIT ASSISE AU BORD DU LIT...
ET,... (VOUS SAVEZ) LES HORREURS QUE VOUS M'AVIEZ ÉCRITES SUR UN PAPIER POUR QUE JE VOUS LES MURMURE À L'OREILLE...
ESSAYANT DE DÉFINIR CE QU'ALLAIT DEVENIR ENTRE ELLE ET MOI
EH BIEN MAINTENANT, JE NE LES LIS PLUS... JE LES AI APPRISES PAR CŒUR
C'EST BIEN NON?
...LA LIMITE FRAGILE ENTRE L'ÉROTISME ET LA PORNOGRAPHIE...
OUI, C'EST BIEN À PART QUE CELA NE SE RÉCITE PAS COMME LE CORBEAU ET LE RENARD...
ZZZ

NOS CHERS AMIS

LOUISE ET GILBERT

LA PISCINE

CHÉRIE ?.. VOUS AVEZ VU,.. ÇA BARDE EN POLOGNE !
M'EN FOUS JE FAIS LA GRÈVE DU DIALOGUE...
FLOUF
FLOUF
S'IL ESSAIE ENCORE DE ME PARLER, REGARD MÉPRISANT ET ATTITUDE AGACÉE...
FLOUF
FLOUF
AH !... MONSIEUR NE SUPPORTE PAS QUE JE RIE AVEC SES CONS DE COPAINS...
PFFF
ET CE GILBERT QUI EST SON MEILLEUR AMI... PFFF... IL A CHOISI LE PLUS NUL...
C'EST LA TROISIÈME GUERRE MONDIALE QUI SE PRÉPARE, OUI !
NUL, MAIS COMPLÈTEMENT OBSÉDÉ...
UN TÉNOR AU DODO ?
À LA PROCHAINE DISPUTE, JE LE PRÉVIENS QUE JE CÈDE AUX AVANCES DU GILBERT...
PFOUIT
OUI,... MAIS POUR SE DISPUTER IL FAUT SE PARLER ET C'EST PAS MOI QUI VAIS RECOMMENCER... TROP HUMILIANT...
SPLICH SPLACH
Y A-T-IL QUELQU'UN VAUTRÉ DANS UNE CHAISE LONGUE QUI S'OPPOSERAIT À CE QUE JE ME TAPE SON COPAIN GILBERT ?

STOP

AU BOUT DE QUELQUES SEMAINES LOUISE CHERCHA UN ALLIÉ,..
TOC TOC TOC
FSSS
.. STOP ÉTAIT LA VICTIME IDÉALE...
BONJOUR MONSIEUR STOP! JE DÉRANGE?
LE CHINOIS ÉTAIT L'ARCHÉTYPE DE L'ORIENTAL...
SIIIIIII..
NIKSS
FLOP FLOP
FFSSS
TEL QU'IL EST SOUVENT DÉCRIT DANS LA LITTÉRATURE ANGLAISE...
QUELQUE CHOSE DRÔLE
MMM!.. ÇA SENT BON LE LINGE PROPRE CHEZ VOUS STOP!
HI!!
CUI!!
SNIFF SNIFF
TRAINING
CARLTON
DITES-MOI STOP,.. IL VOUS FAIT LA "SÉCU" LE PATRON?
CUI CUI CUI CUI
FFFSSS
NIKSSS
HOOOUUUU! MAIS IL ROUPILLE CE PETIT OISEAU!! ALLONS PETIT OISEAU! IL FAUT CHANTER! UN PETIT OISEAU C'EST FAIT POUR ÇA!! HEIN?!?
TAP! TAP! TAP!
BIEN!.. JE REMONTE,.. ET! N'OUBLIEZ PAS STOP,.. SI VOUS VOULEZ "LUI" DEMANDER LA "SÉCU"..JE VOUS SOUTIENS!! (MORALEMENT)
QUE MORALEMENT BIEN SÛR,..JE NE PEUX PAS ME METTRE DANS UNE SITUATION EMBARRASSANTE...
EH OUI!
TAP TAP
PLU CHOLI ZUI LA YA?
......
VLAM
CARLTON

TÉLÉPHONE PRIVÉ

DANS L'OMBRE

ALLONGÉE SOUS LA VÉRANDA, LOUISE RÔTISSAIT AU SOLEIL
MON DIEU, MON DIEU COMME ELLE M'EXCITE!!
TANDIS QUE MOI (APPAREMMENT) JE RATAIS UNE RÉUSSITE...
JE DOIS AVOIR LES OREILLES ROUGES...
?
PLUSIEURS FOIS J'AVAIS TENTÉ DE LUI FAIRE AIMER LES CARTES...
D'ICI, ÇA NE DOIT PAS SE VOIR
HOULALA!
LE JEU, C'EST LA VIE LUI DISAIS-JE...
SI ELLE S'EN APERÇOIT, JE PERDS LA FACE POUR LA JOURNÉE
Hi! Hi! Hi! Hi!
ELLE RESTAIT SILENCIEUSE...
MON DIEU! MON DIEU! QUAND ELLE SE TOURNE!
CE MEC! CE MEC!
ET JE REGARDAIS SON BEAU CORPS SOUPLE EN SOURIANT...
PFFF!! JE VAIS FAIRE DE LA TACHYCARDIE..
JE COMPRENAIS QU'ELLE AVAIT DEVINÉ QUE LE FIN JOUEUR QUE J'ÉTAIS..
?
POUVAIT AVEC ELLE DEVENIR UN DANGEREUX TRICHEUR...
VOYONS (MON CHÉRI).. NE VOUS EXPOSEZ DONC PAS TANT À L'OMBRE! VOUS ÊTES EN TRAIN D'ATTRAPER UN FAMEUX COUP DE SOLEIL!...PARTICULIÈREMENT SUR LES OREILLES!!!

ENTRE AMIS

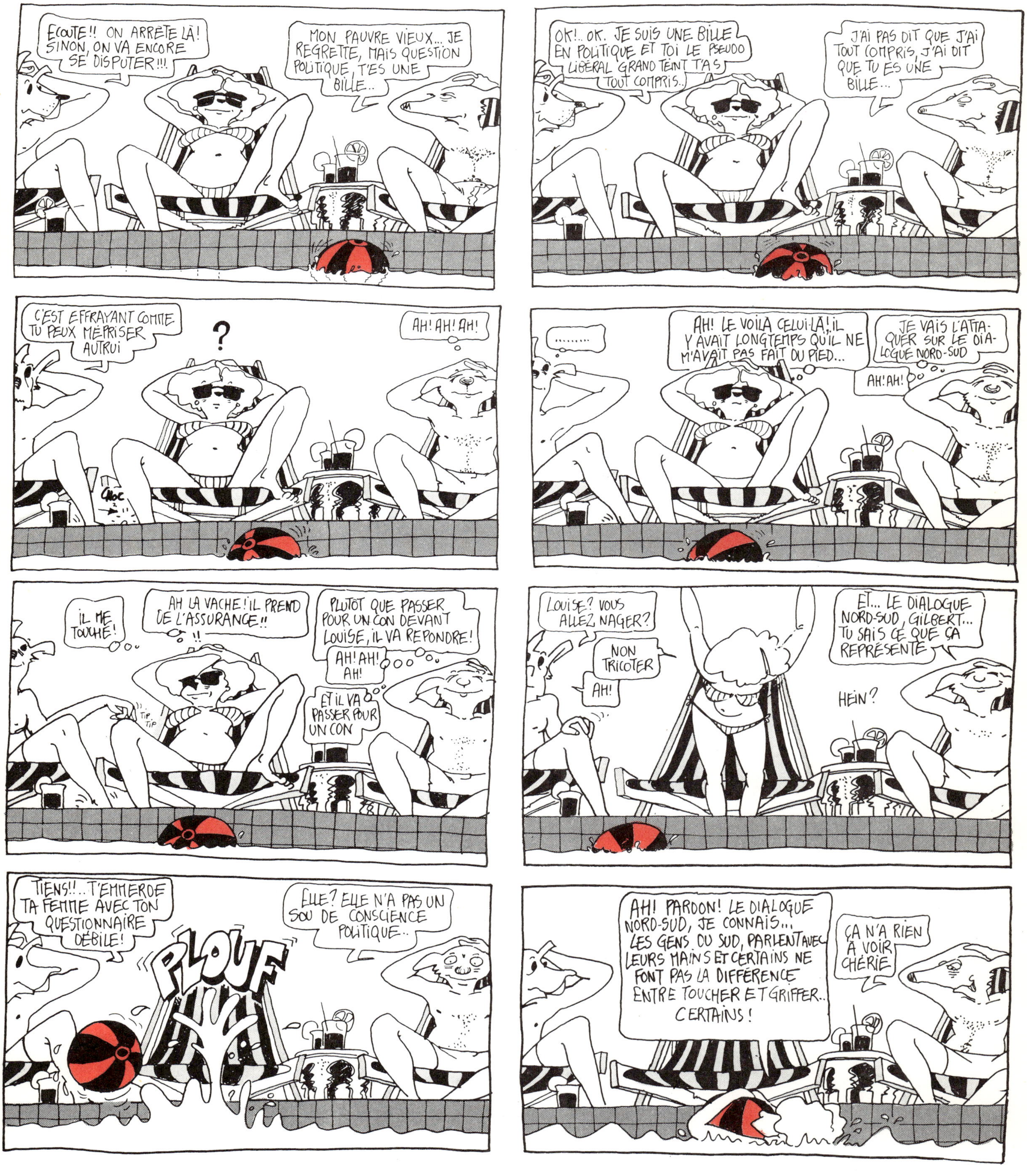
ÉCOUTE!! ON ARRÊTE LÀ! SINON, ON VA ENCORE SE DISPUTER!!!
MON PAUVRE VIEUX... JE REGRETTE, MAIS QUESTION POLITIQUE, T'ES UNE BILLE...
OK!.. OK. JE SUIS UNE BILLE EN POLITIQUE ET TOI LE PSEUDO LIBÉRAL GRAND TEINT T'AS TOUT COMPRIS..
J'AI PAS DIT QUE J'AI TOUT COMPRIS, J'AI DIT QUE TU ES UNE BILLE...
C'EST EFFRAYANT COMME TU PEUX MÉPRISER AUTRUI
?
AH! AH! AH!
CROC
....
AH! LE VOILA CELUI-LÀ! IL Y AVAIT LONGTEMPS QU'IL NE M'AVAIT PAS FAIT DU PIED...
JE VAIS L'ATTAQUER SUR LE DIALOGUE NORD-SUD
AH! AH!
IL ME TOUCHE!
AH LA VACHE! IL PREND DE L'ASSURANCE!!
!!
PLUTÔT QUE PASSER POUR UN CON DEVANT LOUISE, IL VA RÉPONDRE!
AH! AH! AH!
ET IL VA PASSER POUR UN CON
TIP TIP
LOUISE? VOUS ALLEZ NAGER?
NON TRICOTER
AH!
ET... LE DIALOGUE NORD-SUD, GILBERT... TU SAIS CE QUE ÇA REPRÉSENTE
HEIN?
TIENS!!.. T'EMMERDE TA FEMME AVEC TON QUESTIONNAIRE DÉBILE!
ELLE? ELLE N'A PAS UN SOU DE CONSCIENCE POLITIQUE..
PLOUF
AH! PARDON! LE DIALOGUE NORD-SUD, JE CONNAIS... LES GENS DU SUD, PARLENT AVEC LEURS MAINS ET CERTAINS NE FONT PAS LA DIFFÉRENCE ENTRE TOUCHER ET GRIFFER.. CERTAINS!
ÇA N'A RIEN À VOIR CHÉRIE

LECTURES

MON DIEU, LES LIVRES!!.. QUE J'AIME LES LIVRES...
OUF OUF OUF
OUAIS..
?!
ET J'OFFRIS À LOUISE MON ROMAN PRÉFÉRÉ..
OUF OUF OUF
DÉJÀ, LA PRÉFACE M'EXCITE PAS DES MASSES
!!
TIP TOP TIP
J'AI (À CETTE OCCASION) COMMIS UNE ERREUR (PAR FRIVOLITÉ)...
OUF OUF OUF
POURQUOI IL ME FORCE TOUJOURS À LIRE?
J'AI QU'À DIRE NON...
?
TIC TIC
TIP TOP TIP TIP
VOUS TROUVEREZ QUE LE PERSONNAGE ME RESSEMBLE LUI AVAIS-JE SUGGÉRÉ.
OUF OUF OUF
ET SOURNOIS!... C'EST UN SOURNOIS «VOUS ALLEZ L'AIMER»
FAULKNER? FAULKNER
TIP TOP TIP
FLAP
LOUISE AVAIT FEINT DE NE PAS M'ENTENDRE...
OUF OUF OUF
ET NON!!.. JE LE LIRAI PAS! NON!!
NON SANS BLAGUES JE VAIS PAS CUL-PABILISER..
SHELBY FOOTE? SHELBY FOOTE
ELLE LE LIT? YA!
J'EN FUS GÊNÉ ; J'AVAIS PARLÉ VITE , JE SUIS STUPIDE
OUF OUF OUF
OU ALORS, JE LE LIS EN DIAGONALE
MMM..VOYONS
FLANNERY O'CONNORS?
TIP TOP
LE HÉROS (L'AUTEUR) DU LIVRE EST MALADE,.. DIFFÉRENCE..
OUF OUF OUF
«LONGTEMPS, JE ME SUIS COUCHÉ DE BONNE HEURE...»
AÏE! AÏE! AÏE!
!!
TIP TOP TIP
..IMPORTANTE AVEC MOI QUI SUIS EN PLEINE FORME...
OUF OUF OUF
EH BEN!.. JE SUIS SÛRE DE NE PAS TROUVER LE MOINDRE PETIT CADAVRE AVANT LA PAGE CENT
FFF!!
CUI CUI CUI CUI
TIP TOP TI

FRIPES

EVIDEMMENT, ÇA NE VOUS PLAÎT PAS..
BEN.. C'EST LE STYLE DE VÊTEMENT QUE PORTAIENT LES FEMMES EN 1950...
CYD CHARISSE
!?
VOUS N'ÉTIEZ PAS NÉE CHÉRIE... VOUS N'ÉTIEZ MÊME PAS PROGRAMMÉE...
MARILYN
CHEEUUNN!
LES ANNÉES 50 MON DIEU! MON DIEU! MON DIEU!
MARTINE CAROL
......
SNIFF
CHAÏSÉ!! LE PATRON EST LÀ!!..
LOLLOBRIGIDA
TRÈS CHOLI POUR FAIRE DES ENFANTS
.. J'AVAIS 15 ANS... J'ÉTAIS AMOUREUX D'UNE FILLE DE 17.. JE LA TROUVAIS TERRIBLEMENT VIEILLE..
SI...ÇA ME VA
!!
!!
PUIS, IL Y EUT LE ROCK N'ROLL, ÇA LES RENDAIT (LES FILLES) COMPLÈTEMENT DINGUES!
SI, SI.. ÇA ME VA..
!!
ELLES DÉCOUVRAIENT LEUR CORPS!... ELLES ÉTAIENT BEAUCOUP PLUS SEXY QU'AUJOURD'HUI.. BEAUCOUP PLUS..
HA! PLUS SEXY QU'AUJOURD'HUI... ET ALORS ?! QUE DOIS-JE FAIRE? GARDER LE POIL AUX PATTES ET LA MOUMOUTE AUX AISSELLES ?!?
AÏE!! LES DOIGTS!

LA PHALÈNE

ET CE SOIR,.. RIEN DE PRÉVU?
NON MA CHÉRIE RIEN... PAS DE COCKTAILS PAS DE PARTIES RIEN..
NOUS,.. NOUS ALLONS PASSER CETTE SOIRÉE EN TÊTE À TÊTE?
OUI, QUEL BONHEUR N'EST-CE PAS?
OUI, QUEL BONHEUR...
NOUS ACCEPTONS TROP D'INVITATIONS MA CHÉRIE... LES ANNÉES PASSENT ON SE VAUTRE DANS LES PETITS FOURS ET L'ON OUBLIE QU'UN COUPLE C'EST D'ABORD DEUX PERSONNES...
FLAP FLAP
STOP N'EST PAS LÀ?
NON, C'EST SON JOUR DE SORTIE... NOUS AVIONS BESOIN DE CETTE SOIRÉE SEULS... N'EST-CE PAS MA CHÉRIE?
FLAP
VOUS AVIEZ QUELQUE CHOSE DE PARTICULIER À ME DIRE PEUT-ÊTRE?
MAIS PAS DU TOUT PAS DU TOUT!
??
FLAP FLAP
VOUS N'ÊTES PAS MALADE AU MOINS?..
MAIS NON!
MMM!.. JE VOUS VOIS LÉGÈREMENT BLAFARD,.. ALLONS! J'APPELLE LE MÉDECIN...
FLAP FLAP
??
FLAP FLAP
ELLE ME COUVE... ELLE ME COUVE TROP!
OUI,.. LE MÉDECIN NE PEUT VENIR, PAR CONTRE, IL NOUS PROPOSE DE PASSER CHEZ LUI,.. IL FAIT UNE PETITE FÊTE... BIEN ENTENDU, JE N'AI PAS EU LE CŒUR DE REFUSER.. ET PUIS,.. IL VOUS AUSCULTERA.. MMM?
FRiiii...

AVANT DE SORTIR

LE SOMMEIL

AVAIS-JE SUCCOMBÉ À LA PRESSION GÉNÉRALE ?.. PEUT-ÊTRE
ZZZ
..“TU AS BESOIN D'UNE FEMME ET D'UNE MAISON QUE TU AIMES..
POURQUOI JE PEUX PAS DORMIR, MOI ?..
ZZZZ
..TU ES UN INQUIET, CELA TE STABILISERA”.. JE VIS AVEC LOUISE...
SI ELLE SAVAIT QU'ELLE RONFLE, ELLE SERAIT VERTE DE HONTE...
EST-CE LE VENT DU SUD QUI AFFAME LES MOUSTIQUES ?..
C'EST LE CHAUD..
SI J'OUVRE UN PLACARD SES MILLE ROBES SONT LÀ EN DÉSORDRE..
J'AI SOMMEIL POURTANT..
J'AIME LORSQU'ELLE DIT NOS AMIS EN PARLANT DES MIENS
C'EST LES MOUSTIQUES?
POUR UN COUPLE N'EST-CE PAS LÀ UNE PREUVE DE RÉUSSITE ?..
PAF
MAINTENANT ILS (MES AMIS) LUI TÉLÉPHONENT À ELLE, OUBLIANT SOUVENT DE PRENDRE DE MES NOUVELLES...
ZZZ

LE BRUIT DE L'EAU

BREAKFAST

SOUVENT, JE ME RÉVEILLAIS DE BONNE HEURE...
MON RÊVE?!?.. ÇA Y EST CETTE FOIS ENCORE JE L'AI OUBLIÉ
ME RAPPELER LA CHAMBRE PRENAIT PARFOIS QUELQUES SECONDES...
IL Y AVAIT QUELQUE CHOSE QUI FAISAIT: "CLING-CLINC"
CLING CLINC CLIN
PEU À PEU LES BRUITS ME GUIDAIENT ET JE PENSAIS AVEC SOULAGEMENT:
VOYONS,... JE NE TOMBAIS PAS DE L'EMPIRE STATE BUILDING,... ..NON...
CLING CLINC CLING
« QUELLE CHANCE, ÇA Y EST JE ME RÉVEILLE MERCI MON DIEU... »
AH!... IL Y AVAIT STOP ET UNE FEMME... MAIS QUI?!
MORGUEUNN PATRON
BONJOUR STOP..
CLING CLINC CLING
SOUDAIN, UNE IDÉE M'AFFOLAIT ET JE TOURNAIS LA TÊTE...
....
!?!
JE VOYAIS ALORS LOUISE QUI DORMAIT PRÈS DE MOI....
ET,.. QU'EST-CE QU'ELLE PREND?L'AUTRE LÀ?..
HEIN? VOYONS STOP!! DU THÉ!.. COMME CHAQUE FOIS
AINSI JE REPOUSSAIS L'IMPRESSION ABSURDE CONFONDUE AVEC MON RÊVE...
MON DIEU CHAIS ENKORE RÊVÉ D'ELLE CETTE NUIT... CH'EN PEUX PLUS! CH'EN PEUX PLUS!
!?
RIEN NE NOUS SÉPARERAIT (À MOINS QUE JE NE LE DÉCIDE)...
VA FAIRE BEAU AUJOURD'HUI
SI CE CONNARD DE MACAQUE M'APPELLE ENCORE "L'AUTRE" IL VA AVOIR AFFAIRE À MOI...
SCHOMP SCHOMP

BROCANTE

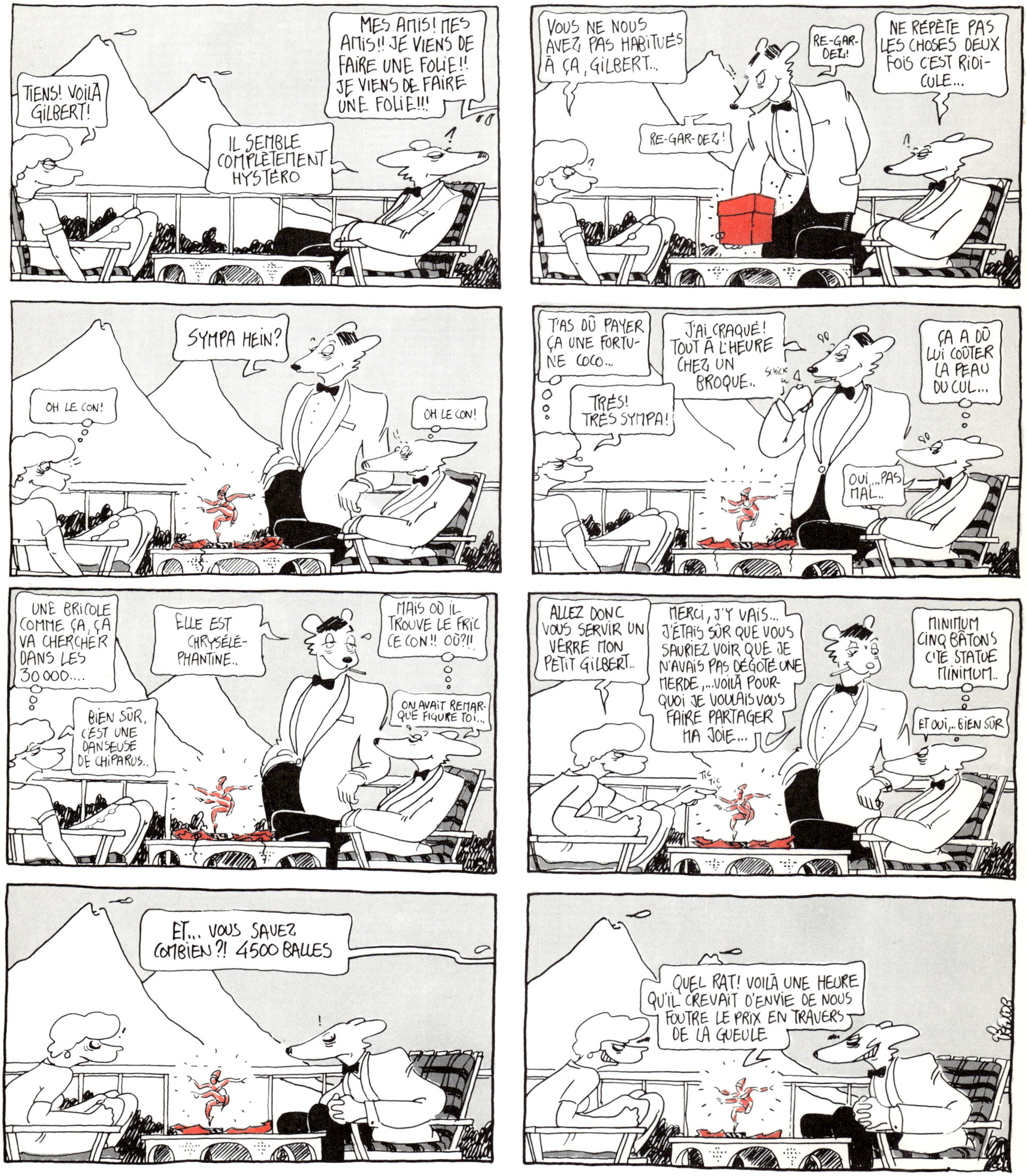
TIENS! VOILÀ GILBERT!
MES AMIS! MES AMIS!! JE VIENS DE FAIRE UNE FOLIE!! JE VIENS DE FAIRE UNE FOLIE!!!
IL SEMBLE COMPLÈTEMENT HYSTÉRO
VOUS NE NOUS AVEZ PAS HABITUÉS À ÇA, GILBERT..
RE-GAR-DEZ!
NE RÉPÈTE PAS LES CHOSES DEUX FOIS C'EST RIDI-CULE...
RE-GAR-DEZ!
SYMPA HEIN?
OH LE CON!
OH LE CON!
T'AS DÛ PAYER ÇA UNE FORTU-NE COCO...
J'AI CRAQUÉ! TOUT À L'HEURE CHEZ UN BROQUE..
ÇA A DÛ LUI COÛTER LA PEAU DU CUL...
TRÈS! TRÈS SYMPA!
SCHICK
OUI,...PAS MAL..
UNE BRICOLE COMME ÇA, ÇA VA CHERCHER DANS LES 30 000....
ELLE EST CHRYSÉLÉ-PHANTINE..
MAIS OÙ IL TROUVE LE FRIC CE CON!! OÙ?!!
BIEN SÛR, C'EST UNE DANSEUSE DE CHIPARUS..
ON AVAIT REMARQUÉ FIGURE TOI...
ALLEZ DONC VOUS SERVIR UN VERRE MON PETIT GILBERT..
MERCI, J'Y VAIS... J'ÉTAIS SÛR QUE VOUS SAURIEZ VOIR QUE JE N'AVAIS PAS DÉGOTÉ UNE MERDE,...VOILÀ POURQUOI JE VOULAIS VOUS FAIRE PARTAGER MA JOIE...
MINIMUM CINQ BÂTONS CITE STATUE MINIMUM..
ET OUI,.. BIEN SÛR
TIC TIC
ET... VOUS SAVEZ COMBIEN?! 4500 BALLES
QUEL RAT! VOILÀ UNE HEURE QU'IL CREVAIT D'ENVIE DE NOUS FOUTRE LE PRIX EN TRAVERS DE LA GUEULE

CHUCHOTEMENTS

MON VOLNAY

J'AIMAIS LA VOIR MANGER, ASSISE FACE À MOI,..
VOUS N'AVEZ PAS FAIM?!?.. VOUS NE BUVEZ RIEN!!!
SCHOMP SCHOMP
NOUS DÎNIONS SUR LA TERRASSE OÙ IL FAISAIT DOUX LE SOIR
VOUS, SI..
AH! PLUS DE VIN!..
GLOP GLOP
JE REGARDAIS SES GESTES DE FEMME IMMATURE SI VIOLENTS ET PRÉCIEUX
MON DIEU! MON VOLNAY 69! ELLE BOIT ÇA COMME DU GINI!!!
STOP!!
CLING
DRING DRING
NOUS PARLIONS PEU, LE PAS DU VIEUX "SERVANT" CRAQUAIT SUR LE PLANCHER
YA MADAME?
STOP? SERVEZ DU VIN POUR LE PATRON
LA TIMIDITÉ DU VIEIL INDIGÈNE ME TOUCHAIT BEAUCOUP...
PATRON, TA FEMME TROP TUT-TUT
STOP? DU VIN
IL ÉTAIT COMME UNE OMBRE BIENVEILLANTE AUTOUR D'ELLE..
DITES-MOI.. DE QUELLE SECTE IL SORT CET ANIMAL... POUR UN PEU, IL LAISSERAIT SON MAÎTRE MOURIR DE SOIF L'HOMME DU DÉSERT...
HI! HIHI!
PARFOIS LEURS REGARDS SE CROISAIENT ET STOP ROUGISSAIT...
AH!!! IL EN A TROUVÉ!!
VLAM!
CLING
ILS ÉBAUCHAIENT ALORS ENSEMBLE UN SOURIRE,.. RIEN DE PLUS...
PATRON TA FEMME TROP TUT-TUT.
ALLAH EST GRAND...
HI! HIHI!
HI! HI!

RICHARD

VOUS VERREZ! VOUS ALLEZ L'AIMER..
OUI?
HIPS!
ÇA M'ÉTONNERAIT
RICHARD EST UN ENFANT TRÈS DOUX..
Ô ! DEUX LUNES!!
JE LUI PARLE SOUVENT DE VOUS DANS MES LETTRES
IL NE VOUS APPELLE ENCORE QUE "LA FEMME" MAIS C'EST DÉJÀ UN PROGRÈS..
HI! HI! HI! DEUX PETITES JUMELLES
AU DÉBUT, IL VOUS HAÏSSAIT.. C'EST NORMAL N'EST-CE PAS?
QUAND J'EN VOIS DEUX C'EST QUE J'EN TIENS UNE...
VOUS LUI AVEZ UN PEU PRIS SON PAPA.. AU FOND
ET SON JUMEAU COMMENT IL S'APPELLE?!
HIPS
LOUISE,.. VOUS N'ÉCOUTEZ PAS
SLURP SLURP
BONG!
BZZZZ
RONN

AMOUR FILIAL

LE GOÛT DU JEU

CONFUSION

AH! RICHARD!! C'EST VOUS..
......!
VOUS M'AVEZ PRESQUE FAIT PEUR,.. ON NE VOUS ENTEND JAMAIS VENIR...
?!!
VOUS PASSEZ OU VOUS VENIEZ ME SURVEILLER?
TIP TIP TIP
HEIN?! VOUS NE RÉPONDEZ PAS?! NON! BIEN SÛR... VOUS ÊTES UN CURIEUX PETIT GARÇON, RICHARD!..
TIP TIP TIP
OH!! DES FLEURS DES CHAMPS!! ENCORE!
TIP TIPT
MMMM! ELLES SENTENT AUSSI BON QUE CELLES D'HIER ET DE CE MATIN..
!!!
SOYEZ SÛR QUE JE N'OUBLIERAI PAS DE SIGNALER A VOTRE PÈRE CETTE GENTILLE ATTENTION,.. IL VOUS RÉCOMPENSERA...
TIP TIP
POURQUOI VOUS N'AIMEZ PAS LES BÊTES?

Loin d'ici

C'EST EN JUIN, À LA NUIT TOMBÉE, QUE NOUS SORTIONS POUR NOS PLUS LONGUES PROMENADES.
RICHARD? NE T'ÉLOIGNE PAS TROP...
COMME SI NOUS AVIONS VOULU PROLONGER LA FIN DU JOUR...
MAIS LAISSEZ LE TRANQUILLE!! C'QUE VOUS ÊTES CHIANT COMME PÈRE!!
JE CROIS QUE JE N'AIMAIS PAS CE TRAJET QUE NOUS FAISIONS...
......!
SURTOUT L'ALLER, NOUS ÉLOIGNER DE LA VILLA ME TROUBLAIT...
ELLE DIT PÈRE MAIS ELLE PENSE MARI C'EST NET...
TANDIS QUE LOUISE SE RÉGALAIT DE SE PERDRE DANS LA NUIT...
ET SI JE LUI FAIS REMARQUER LA NUANCE: C'EST LA GUERRE...
JE SUIS SÛRE QUE VOUS N'AIMEZ PAS CES PROMENADES..
ET JE ME SENTAIS COUPABLE D'ANNONCER « MAINTENANT RENTRONS... »
SI!
SI... MON CUL..
A L'APPROCHE DE LA VILLA, LA LUMIÈRE SUR LA TERRASSE NOUS GUIDAIT ET M'APAISAIT...
BIEN! SI NOUS RENTRIONS?
AH NON! ENCORE UN INSTANT!
C'EST ÇA.. DEUX PLOMBES!
LOUISE MARCHAIT LOIN DERRIÈRE MOI, IL ARRIVAIT QUE JE L'ATTENDE DES HEURES, SEUL SOUS LA VÉRANDA...
RICHARD? TU ES FATIGUÉ MON GARÇON.. VIENS! NOUS RENTRONS
RICHARD, SI TU RENTRES JE NE TE LAISSERAI PLUS M'EMBRASSER SUR LA BOUCHE...

EN ATTENDANT

NUIT SEXY

MMM... ÇA, C'EST LE DISQUE QUI LA FAIT CRAQUER...
KRRR KRRR.
MMM... IL MET LE DISQUE QUE J'AIME
QUE SE PASSE-T-IL MON CHÉRI? POURQUOI CE BESOIN SOUDAIN DE ME SÉDUIRE?
QUI? MOI?
QUOI?.. QUI, MOI? ... NOUS SOMMES SEULS ET NOUS DANSONS.. A QUI D'AUTRE QUE VOUS POURRAI-JE M'ADRESSER?..
MAIS NON MA CHÉRIE,.. ÇA N'EST RIEN VOUS AIMEZ DANSER, MOI AUSSI VOILÀ TOUT,..
VOILÀ TOUT? J'AIME BIEN LE VOILÀ TOUT
ET PUIS,.. SI J'ESSAIE DE VOUS SÉDUIRE, DEUX POSSIBILITÉS: OU VOUS L'ÊTES DÉJÀ OU VOUS ALLEZ LE DEVENIR,... N'EST-CE PAS?
AH!
J'IMAGINE QUE LE CANIF QUE VOUS AVEZ DANS VOTRE POCHE EST AUSSI UN ÉLÉMENT (UN FORT ÉLÉMENT) DE SÉDUCTION..
HI!
INCONTRÔLABLE

PETITE FILLE

TU DORMAIS ?

BÉSAMÉÉÉ BÉSAMÉÉÉÉ MUUUCHHOOOO
NOM DE DIEU, DE NOM DE DIEU!.. QUELLE SOIRÉE! QUELLE SOIRÉE!.. CETTE FILLE M'A FOUTU LES SENS EN FEU!!!
RRRRRR
VA FALLOIR TROUVER UNE EXCUSE EN BÉTON EN RENTRANT..
COMOOO SI FUESE ESTA NOCHÉÉÉÉ
RRR
MA CHÉRIE?!? VOUS ÉTIEZ RÉVEILLÉE?!! HEIN?! QUOI! IL EST SIX HEURES DU MAT'!!! C'EST PAS POSSIBLE!! DÈS DEMAIN, JE VOUS ORDONNE D'APPORTER MA SALOPERIE DE MONTRE AU RÉPARATEUR!!!
P.S: C'EST VOTRE MONTRE CADEAU ANNIVERSAIRE-JOUR DE L'AN-NOEL-FÊTE DES PÈRES..
OOOOOOH!!! MA PAUVRE CHÉRIE QUI NE DORMAIT PAS!!?!... ELLE AVAIT FAIT UN GROS CAUCHEMAR ?!.. IL FAUT DORMIR MON CŒUR!!... MAINTENANT QUE SON MINOU EST DE RETOUR!! (BIZOU, BIZOU, BIZOU, BIZOU)
P.S: CHUUUTT!!! ON SE TAIT! ON NE DIT PLUS RIEN! ON DORT MA CHÉRIE!! CHUUUTT!
COMMENT, AVEC QUI J'AI BAISÉ?!!! MAIS QU'EST-CE QUE C'EST QUE CES QUESTIONS À LA CON!!!?
P.S: IL NE VOUS EST PAS VENU L'IDÉE QUE J'AURAIS PU NE PAS BAISER SI J'AVAIS VOULU??!?
OK!! OK!... COMPRIS! (COMPRIS!) C'EST LA SCÈNE RÉGLEMENTAIRE!.. COMME VOUS ÊTES NULLE MA PAUVRE CHÉRIE!! (OUI, NULLE...) J'AI L'IMPRESSION DE VIVRE AVEC UNE PETITE BOURGE MESQUINE...
P.S: ET VOUS ÊTES DE GAUCHE VOUS?!!? VOUS???
RRRRR
JE VEUX QUE VOUS ME RESPECTIEZ CHÉRIE!! JE VEUX! JE NE RÉPONDS À AUCUNE QUESTION!! JE SUIS FATIGUÉ! JE ME COUCHE!! JE DORS!
BÉSAMÉÉÉ BÉSAMÉÉ MUCHOOO
P.S: ET J'ESPÈRE QUE DEMAIN VOUS N'AUREZ PAS LE CULOT DE METTRE ÇA SUR LE TAPIS...
SI SEULEMENT ELLE AVAIT LE BON GOÛT DE FAIRE SEMBLANT DE DORMIR...
RRRRR

TU NE DORMAIS PAS?

UN CONTE OCCI'DENTAL

MARIAGE D'AMOUR

CHEMISE

LOUISE CHÉRIE?!.. EST-CE QUE VOUS SAURIEZ DONNER UN PETIT COUP DE FER À MA CHEMISE BLANCHE ??!
HEIN?!..ET POURQUOI MOI??
PARCE QUE J'AI ENVOYÉ STOP FAIRE UNE COURSE ET QUE JE NE SAIS PAS FAIRE CE GENRE DE TRAVAIL!..
SCOTCH WHISK
AH!!.. CE "GENRE DE TRAVAIL DE BONNE FEMME" VOUS VOULIEZ DIRE ?!?
ROOT
VOYONS MA CHÉRIE!!! VOUS SAVEZ REPASSER!!! VOUS L'AVEZ DÉJÀ FAIT POUR VOS VÊTEMENTS... JE M'EN SOUVIENS..JE VOUS AVAIS VUE!!
QU'EST-CE QUE ÇA VEUT DIRE?!? REPASSER M'EMMERDE FERME VOUS LE SAVEZ TRÈS BIEN! PAS QUESTION QUE JE LE FASSE!!
Hi Hi! Hi!
MAIS?! RICHARD!?! VOUS BUVEZ DU WHISKY?!!
PAS DU TOUT!.. C'EST POUR JOUER À PÈRE QUAND VOUS REFUSEZ DE REPASSER SES CHEMISES!!

EXPLORATEURS

ODILE CHÉRIE

MAILLOT RAYÉ

VIEUX COUPLE

PHOTO SOUVENIR

CORRESPONDANCE PRIVÉE

ETAT D'ÂME

....
MON DIEU!.. PARFOIS,.. LORSQUE JE PENSE A MA VIE..
QUEL DESERT..
SI SEULEMENT J'ETAIS CAPABLE D'AVOIR UNE ACTIVITÉ CRÉATIVE
MAIS NON..
POURQUOI AUTOUR DE MOI LA NATURE S'ÉPANOUIT, LA VIE RAYONNE?..
PAR QUEL MIRACLE?
KLOK!
POURQUOI NE SENS-JE PAS MA PLACE AU SEIN DE TOUTES CES VIBRATIONS?
OH MON DIEU! AIDEZ-MOI À NE PAS DOUTER DE MOI
ZZZZ
OOH! OH! OUI!
OU JE MANQUE DE PHOSPHORE,.. OU J'AI UNE FURIEUSE ENVIE DE BAISER
TSSS..
BONK

BELLE MAMAN.

RICHARD?! RICHARD? OÙ ÊTES-VOUS?!!..
AH!! EVIDEMMENT!.. VOUS ÉTIEZ AU GRENIER, COMME D'HABITUDE...
'TENTION.. LA VOILÀ..
VOYONS MON PETIT GARÇON!!.. QUE CHERCHEZ-VOUS DANS CE REPAIRE D'ARAIGNÉES!?!
.. VOUS AVEZ TROUVÉ DES VIEILLES PHOTOS.. OH! VOUS DÉSIREZ QUE JE LES VOIE?
C'EST MON PÈRE ET MA MÈRE BIEN AVANT QUE MON PÈRE NE VOUS CONNAISSE..
JE TE VOIS VENIR TOI.. PETIT CON.
J'ÉTAIS PAS NÉ..
OH!!! MAIS C'EST QU'ELLE EST TRÈS JOLIE TA MAMAN!.. MON PETIT GARÇON,.. TRÈS!!
ET... COMME TU LUI RESSEMBLES!!
AH! LA VACHE. LA DÉGAINE NULLARDE..
C'EST VRAI JE RESSEMBLE À MAMAN,.. MAIS MAMAN, ELLE EST MOCHE.
OH NON!!
OH SI!
IL NE FAUT PAS DIRE ÇA!
COMME MOI..
JE SUIS MOCHE...
J'AURAIS TELLEMENT AIMÉ RESSEMBLER À PAPA QUI EST BEAU LUI...
MAIS ENFIN RICHARD.. ... POURQUOI?
PARCE QUE COMME LUI, QUAND J'AURAIS ÉTÉ GRAND MOI AUSSI JE ME SERAIS TAPÉ DES PUTES COMME VOUS...

L'ODEUR DE L'HERBE

LE POIDS DES CHOSES

ACHETEUSES D'ART

LE DÉMON DE L'ÉCRITURE

ATAVISME

JE.. JE VOULAIS VOUS DIRE : LE PETIT RICHARD M'INQUIÈTE..
AH!? VOUS TROUVEZ?
OUI, FAISONS QUELQUES PAS..
CRAC CRAC
C'EST VOTRE FILS ET POURTANT VOUS NE LE CONNAISSEZ PAS..
MAIS SI MAIS SI
TET TET TET TET
CES ABSENCES PAR EXEMPLE,.. ÇA NE VOUS INQUIÈTE PAS? CES APRÈS-MIDI QU'IL PASSE LE REGARD VIDE, ÇA N'EST RIEN POUR VOUS ?!!
TET TET TET TET
ECOUTEZ CHÉRIE.. C'EST MON FILS, JE LE CONNAIS, IL RESSEMBLE À SA MÈRE
AH! SA MÈRE.. BIEN SÛR..
?!
AH! IL Y EN A ENCORE
POURQUOI NE M'AVEZ VOUS JAMAIS PARLÉ D'ELLE?.. POURQUOI L'AVEZ-VOUS QUITTÉE
LOUISE,.. C'EST ELLE QUI M'A QUITTÉ..
ELLE ÉTAIT.. COMMENT DIRE.. BAH! C'ÉTAIT UNE AUTRE ÉPOQUE.. AUJOURD'HUI ON DIRAIT QU'ELLE ÉTAIT BABA-COOL...
TET TET TET TET
TIENS C'EST VRAI JE N'AVAIS JAMAIS PENSÉ À ÇA.. SI RICHARD EST ABSENT C'EST PEUT-ÊTRE PARCE QUE SA MÈRE, LORSQU'IL ÉTAIT PETIT, A TROP FUMÉ DE MARIJUANA...
OUI PEUT-ÊTRE

MALCOLM
BIEN!.. LE DÉCOR EST EN PLACE... LA MACHINE À ÉCRIRE. LA BOUTEILLE DE TÉQUILA.. BIEN... JE DOIS COMMENCER.. BIEN
AH! LES CIGARETTES! JE LES AI
BIEN!
BIEN, ALLONS-Y..
MAIS?!.. NOUS NE VOUS AIMONS PAS, DIRENT EN RIANT LES DEUX JEUNES FEMMES..
TIP TIP TIP TAP TIP
BON
BON DÉBUT POUR UN ROMAN ÇA!
?!!
L'HOMME CONTEMPLAIT LE PAYSAGE. IMPOSSIBLE POUR ELLES DE DEVINER SA RÉACTION...
TIP TIP TIP
HOU!
IMPOSSIBLE POUR ELLES?
OU DIFFICILE PEUT-ÊTRE..
VIENS! VIENS!
HOOUUU!! MAIS C'EST QUE ÇA COMMENCE BIEN "NOTRE" HISTOIRE!!!
IL A DÉJÀ PARLÉ DE NOUS?
TIP TIP
OUI!!! DÈS LA PREMIÈRE PHRASE!! NOUS SOMMES GARCES, CAPRICIEUSES, SUPERFICIELLES..
OH OUI! C'EST NOUS!!
MMM. DIFFICILE EST MIEUX
SCHIC
PERSONNE N'OSE PLUS ÉCRIRE ÇA... MAIS LUI OUI!!.. ET EN PLUS ÇA NE SE VENDRA PAS
QUOIQUE.. IMPOSSIBLE ÇA N'EST PAS MAL
T'ANGOISSE PAS CHÉRIE, IL N'IRA PAS PLUS LOIN QUE LE PREMIER CHAPITRE
VRAIMENT?.. TU CROIS?..
BIEN SÛR!.. IL S'EN FOUT DE SON ROMAN.. VOILÀ DÉJÀ QUELQUE TEMPS QU'IL CHERCHAIT UN PRÉTEXTE ACCEPTABLE POUR SE REMETTRE À BOIRE COMME UN TROU
OUI, IMPOSSIBLE PEUT-ÊTRE

LA DIFFÉRENCE

GESTES D'AMOUR

C'EST DRÔLE

ET ALORS, SELON VOUS C'EST QUOI CE QU'UNE FEMME ATTEND D'UN HOMME ?
AH OUI?! DITES-NOUS ÇA, ÇA PEUT-ÊTRE INTÉRESSANT..
?
C'EST DIFFICILE DE RÉPONDRE,.. MAIS... MMM.. POUR CERTAINES FEMMES.. (POUR CERTAINES..) UN HOMME FAUCHÉ EST UN HOMME MORT....
ON PEUT ATTENDRE D'UN HOMME QU'IL SOIT RICHE..
OUI..
TU CROIS QUE C'EST DE LA PROVOC' ?
PAS DE LUI CHÉRIE, PAS DE LUI
SCHIK
D'ABORD!.. (D'ABORD) CE QU'UNE FEMME ATTEND D'UN HOMME C'EST QU'IL LA FASSE ??... ...RIRE!!!
EXACT!
TIENS! J'Y AURAI PAS PENSÉ..
???
EH OUI MON VIEUX EH OUI!
EH OUI.. TOUT SIMPLEMENT..
RIRE ?
J'AI FAILLI DIRE JOUIR
VOUS SAVEZ CE QUI FAIT QUE NOUS SOMMES DIFFÉRENTS DES BÊTES ?!
C'EST QUE NOUS RIONS?
OUI
BIEN SÛR
FOUS CONNAIZEZ CELLE DU COUPLE DE SERPENTS À SONNETTES?!
HEUREUSEMENT QUE J'AI RIEN DIT..
C'EST LA FEMME DU ZERPENT,.. ELLE ZUPPORTE PLUS LA ZONNERIE DE SON MARI... (?) ALORS ELLE LUI ACHÈTE UN RÉBONDEUR AUTOMATIQUE !!
HI! HI!
.. RIEN COMPRIS..
ARF! ARF!
ARF!
AAAHH!!
AH! AH! AH! AH!
BONK BONK
AH LE CON !

COMPENSATIONS

CADEAUX

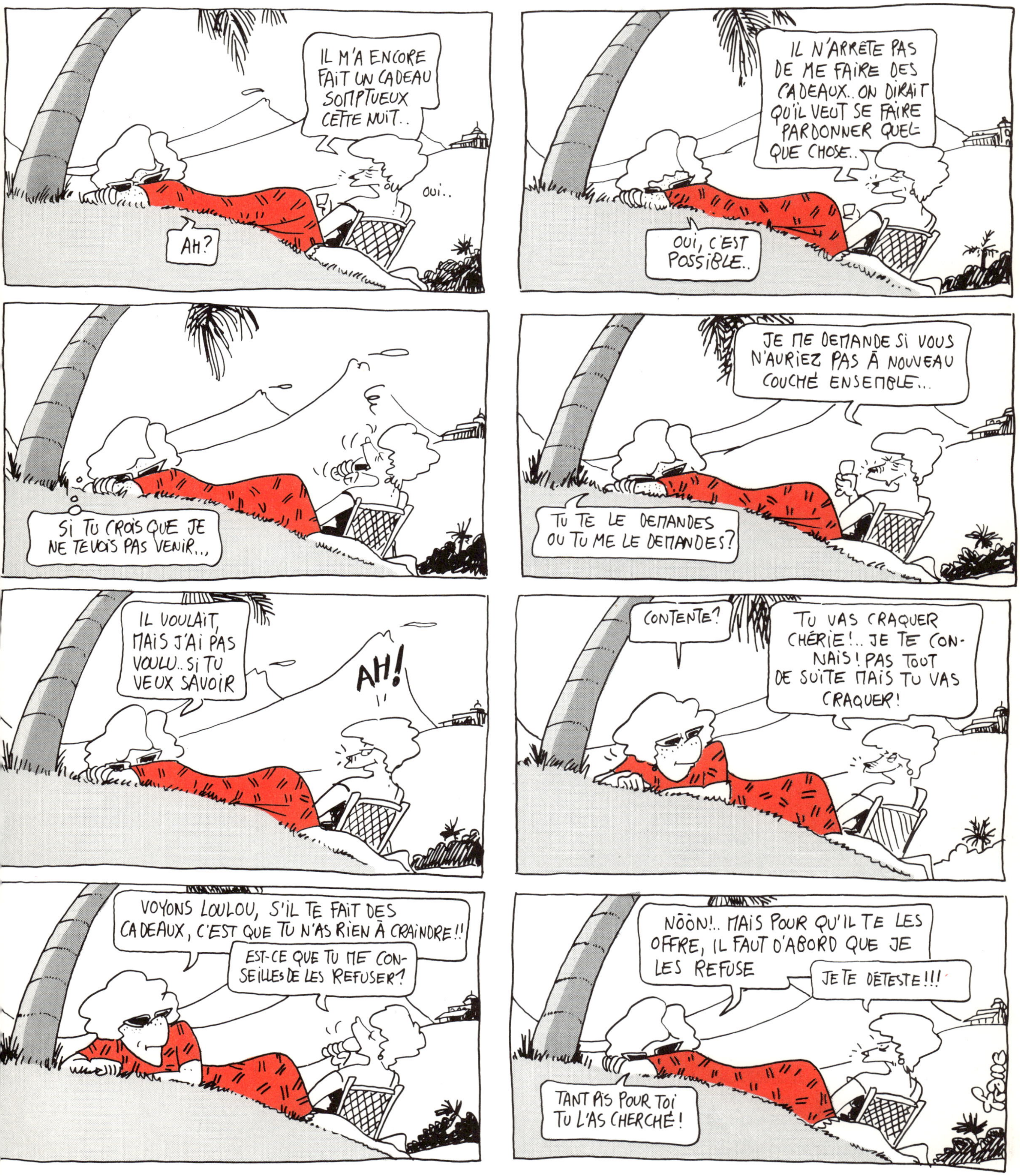

IL M'A ENCORE FAIT UN CADEAU SOMPTUEUX CETTE NUIT..
AH?
OUI..
IL N'ARRÊTE PAS DE ME FAIRE DES CADEAUX.. ON DIRAIT QU'IL VEUT SE FAIRE PARDONNER QUELQUE CHOSE..
OUI, C'EST POSSIBLE..
SI TU CROIS QUE JE NE TE VOIS PAS VENIR...
JE ME DEMANDE SI VOUS N'AURIEZ PAS À NOUVEAU COUCHÉ ENSEMBLE...
TU TE LE DEMANDES OU TU ME LE DEMANDES?
IL VOULAIT, MAIS J'AI PAS VOULU.. SI TU VEUX SAVOIR
AH!
CONTENTE?
TU VAS CRAQUER CHÉRIE!.. JE TE CONNAIS! PAS TOUT DE SUITE MAIS TU VAS CRAQUER!
VOYONS LOULOU, S'IL TE FAIT DES CADEAUX, C'EST QUE TU N'AS RIEN À CRAINDRE!!
EST-CE QUE TU ME CONSEILLES DE LES REFUSER?
NÔÔN!.. MAIS POUR QU'IL TE LES OFFRE, IL FAUT D'ABORD QUE JE LES REFUSE
JE TE DÉTESTE!!!
TANT PIS POUR TOI TU L'AS CHERCHÉ!

PAPA CHÉRi

MMM,.. JE NE SAIS PAS POURQUOI, MAIS JE PENSE À MON PÈRE
À QUI?
À MON PÈRE, .. À PAPA..
AH!
COMME D'HABITUDE CHÉRIE.. CHAQUE FOIS QUE NOUS AVONS FAIT L'AMOUR VOUS PENSEZ À VOTRE PAPA...
JE L'AIMAIS BEAUCOUP,.. IL ÉTAIT GRAND, FORT,.. INTELLIGENT, TRÈS INTELLIGENT
C'EST TOUT DE MÊME SYMPTOMATIQUE, CHAQUE FOIS QU'ON BAISE VOUS PENSEZ AU CHER HOMME
IL ME DISAIT: « VIENS LOULOU! » ALORS JE M'ASSEYAIS SUR SES GENOUX ET IL ME FAISAIT SAUTER LONGTEMPS, LONGTEMPS.. JE RIAIS!! C'EST PEUT-ÊTRE LE MEILLEUR SOUVENIR DE MA VIE
MOI, C'EST MES PREMIÈRES POMPES EN CROCO QU'EST-CE QUE J'AI PU FRIMER...
JE CROIS QUE C'ÉTAIT UN TYPE GÉNIAL, J'AURAIS AIMÉ LE CONNAÎTRE ADULTE,.. NOUS AURIONS ÉTÉ TRÈS AMIS, C'EST SÛR
JE CROIS PAS QUE ÇA EXISTE ENCORE CETTE RACE D'HOMMES...
ZZZZ
UN SOIR JE ME SOUVIENS, J'AVAIS EU LA PERMISSION DE ME COUCHER PLUS TARD,.. J'ÉTAIS RAVIE,.. D'AUTANT PLUS QUE MAMAN N'ÉTAIT PAS LÀ..
ZZZ ZZZZ
VOUS SAVEZ CE QUE NOUS AVONS FAIT MON PAPA ET MOI?
HÉ!!! JE VOUS PARLE IL FAUT M'ÉCOUTER!!!
MMMFF?!.. OUI, OUI!!! JE M'ÉTAIS ASSOUPI...
JE RÊVAIS CHÉRIE!! VOTRE PAPA ET MOI ON CHASSAIT LE CROCODILE JE VENAIS DE TUER UNE PETITE FEMELLE VOTRE PAPA S'APPROCHE ET DIT: « ELLE EST À MOI, JE L'AI TIRÉE LE PREMIER... »
???
C'EST ENCORE UN DE VOS RÊVES À LA CON..

LE SENS DE L'EFFORT

AMIES À VIE

ODILE?
OUI?
ODILE. IL VEUT M'ÉPOUSER...
IL PRÉTEND MAINTENANT QUE LE CONCUBINAGE EST UN VIEUX TRUC DÉMODÉ... IL VEUT QU'ON SE MARIE AVEC LE BLANC IMMACULÉ ET TOUT LE TREMBLEMENT...
..PASSE..
TU SAIS QUOI?.. ÇA ME FLATTE QU'IL ME DEMANDE EN MARIAGE,.. VRAIMENT! C'EST TRÈS GRATIFIANT JE TROUVE POUR LA FEMME..
AH?
BEN OUI, C'EST QU'IL NE TE CONSIDÈRE PAS COMME UNE PUTE QUELQUE PART DANS SA TÊTE...
QUOI?
??
RIEN..
RIEN, JE TE REGARDE...
JE CROYAIS QUE TOI ET MOI NOUS ÉTIONS UNIES POUR LE CÉLIBAT ÉTERNEL,.. MAIS NON JE VOIS, À CÔTÉ DE MOI, UNE "SISSI IMPÉRATRICE LATENTE",.. TA ROBE DE MARIÉE, TU L'AS DANS LA TÊTE DEPUIS TOUJOURS
VOILÀ... C'EST TOUT ....
ODILE?
OUI?
JE TE HAIS,.. TU FAIS TOUT POUR FOUTRE EN L'AIR MON MARIAGE..
TU NE SERAS JAMAIS MARIÉE CHÉRIE,.. JAMAIS
ODILE!!! ARRÊTE DE ME PROVOQUER!!! ...SINON JE LE FAIS!!
Hi! Hi! Hi! Hi! Hi!
PPFF!!!.. ET TOI ARRÊTE DE ME FAIRE PEUR CHÉRIE!!

AMÉRICA

HOULALA LOUISE!! CE GUIDE DE NEW YORK!!! C'EST DINGUE!!! UNE VRAIE VILLE POUR LES DINGUES!!
AH?
NEW YORK
TU N'AS PAS ENVIE D'ALLER Y VIVRE À NEW YORK? TOI,.. LOUISE?
MOI, SI..
MA MÈRE,.. ELLE Y HABITE..
..MA MÈRE..
NEW YORK
AH OUI? VOTRE MÈRE Y HABITE MON PETIT RICHARD?!
ON LOUERAIT UN LOFT DANS SOHO..
OUI
AH!
NEW YORK
MAIS QU'EST-CE QUE VOUS CROYEZ? PETIT CON!! ON S'EN FOUT DE VOTRE MÈRE!!
CE SERAIT GÉANT! GÉANT!!
ON S'EN TAPE!!!
HI! HI!
TAP TAP
NEW YORK
QUELLE GARCE VOUS FAITES MISS LOULOU!
OH!! STOP! NE M'APPELEZ PAS LOULOU!!! ON DIRAIT VOTRE PÈRE
ON SERAIT BRANCHÉES PARMI LES BRANCHÉS!!
NEW YORK
ALLONS À NEW YORK LOUISE!
RIEN À FOUTRE DE TON NEW YORK CHÉRIE
NEW YORK
DITES-MOI MON PETIT RICHARD EST-CE QUE VOTRE MAMAN LOUE UN LOFT DANS SOHO? HEIN? RÉPONDEZ? CROYEZ-VOUS QU'ELLE NOUS LOGERAIT VOTRE MAMAN?!
VOUS LOGER? NON. MAMAN HABITE UPPER WEST SIDE
AH?
MOI, JE RESTE ICI
C'EST À CAUSE DU FAIT QUE TATIE LOUISE S'ENVOIE VOTRE VIEUX HEIN MON ENFANT?
ELLE S'EN FOUT,.. MAIS MAMAN, ELLE N'AIME PAS LES FRANÇOUILLARDES DÉMODÉES
ARF! ARF!
TU VERRAS ODILE,.. TOI AUSSI TU FINIRAS PAR LE HAÏR CE MÔME...

BOUDERIE

MON DIEU! MON DIEU! MON DIEU! .... QUE JE LES HAIS!!
MAIS QUE JE LES HAIS!!!
AH! AH! AH! AH! AH!
LA JALOUSIE LES RONGE CETTE BANDE DE RATS!!
ÔÔÔHÔHÔHÔHÔH
OUI TAS DE CONS! JE VAIS ME MARIER ET QUE ÇA VOUS FASSE MOURIR DE RIRE NE CHANGERA RIEN!
HI!! HI!HI!HI!HI!HI!
HI!HI!HI!HI!
ET VOUS, VOUS CONTINUEREZ À GÉRER VOS FESTIVITÉS NULLARDES!! VOTRE SOLITUDE GLAUQUE!!
C'EST ÇA!! SAOULEZ VOUS LA GUEULE!!!
AHAAH
AH!! ÄH!
MERDE! QUE J'EN AVAIS MARRE DE CETTE VIE!! BAISER DANS TOUS LES COINS!! QUE C'EST NUL!!! POURQUOI JE N'AI PAS COMPRIS PLUS TÔT?!
HI HI HI
AH! AH!
LA PAIX! LE CALME! LA TENDRESSE! LES ENFANTS! C'EST VERS CELA QUE JE TENDS!! ... C'EST NET!
AH! AH!!
AHAH AHAHAHAH
OOOH!! MON CHÉRI!! NE BOUDEZ PAS!!.. ILS DISAIENT CELA POUR RIRE
ALLEZ VENEZ
AH! AH!!
ECOUTEZ! POUR VOUS VENGER DITES LEUR QUE NOUS ALLONS NOUS MARIER MAIS QUE NOUS AVONS AUSSI LA FERME INTENTION DE DIVORCER
POURQUOI VOUS DITES ÇA?

FINE BOUCHE

JE NE VOUS COMPRENDS PAS! JE NE VOUS COMPRENDS PAS!!
ALORS QUOI?!
NOUS N'AVONS PAS EU DE TENTATION PUISQUE NOUS VIVONS EN CERCLE FERMÉ...
LA TENTATION VOILÀ LE DÉFAUT..
MALGRÉ TOUT,.. JE SUIS UNE JEUNE FEMME GYNÉCOLOGIQUEMENT EN RODAGE
ET VOTRE DERNIÈRE BLENNO (SI VOUS NE MENTEZ PAS) DATE DE DIX ANS...
MA COPINE ODILE LORSQU'ELLE EST ARRIVÉE ICI ÉTAIT EXTRA VIERGE COMME L'HUILE D'OLIVE...
DONC,.. TOUT CE QUI S'EST PASSÉ ICI, DANS CETTE BARAQUE EST RIGOUREUSEMENT SOUS VOTRE CONTRÔLE...
NON?
CHAIS PAS!! J'AI LA PARANO DE L'HERPÈS!! JE VEUX PLUS BAISER!!! C'EST TOUT!!!
TSSSS
BON,.. ALORS UNE PETITE LÉCHOUILLE?
TSSS
AH NON! TOUT OU RIEN!!! C'EST TOUJOURS MOI DE CORVÉE!!
ROUIC
ROUIC
MÊME AVANT LA CRISE DE L'HERPÈS...

LA TÊTE ET LES JAMBES

FITZGÉRALD

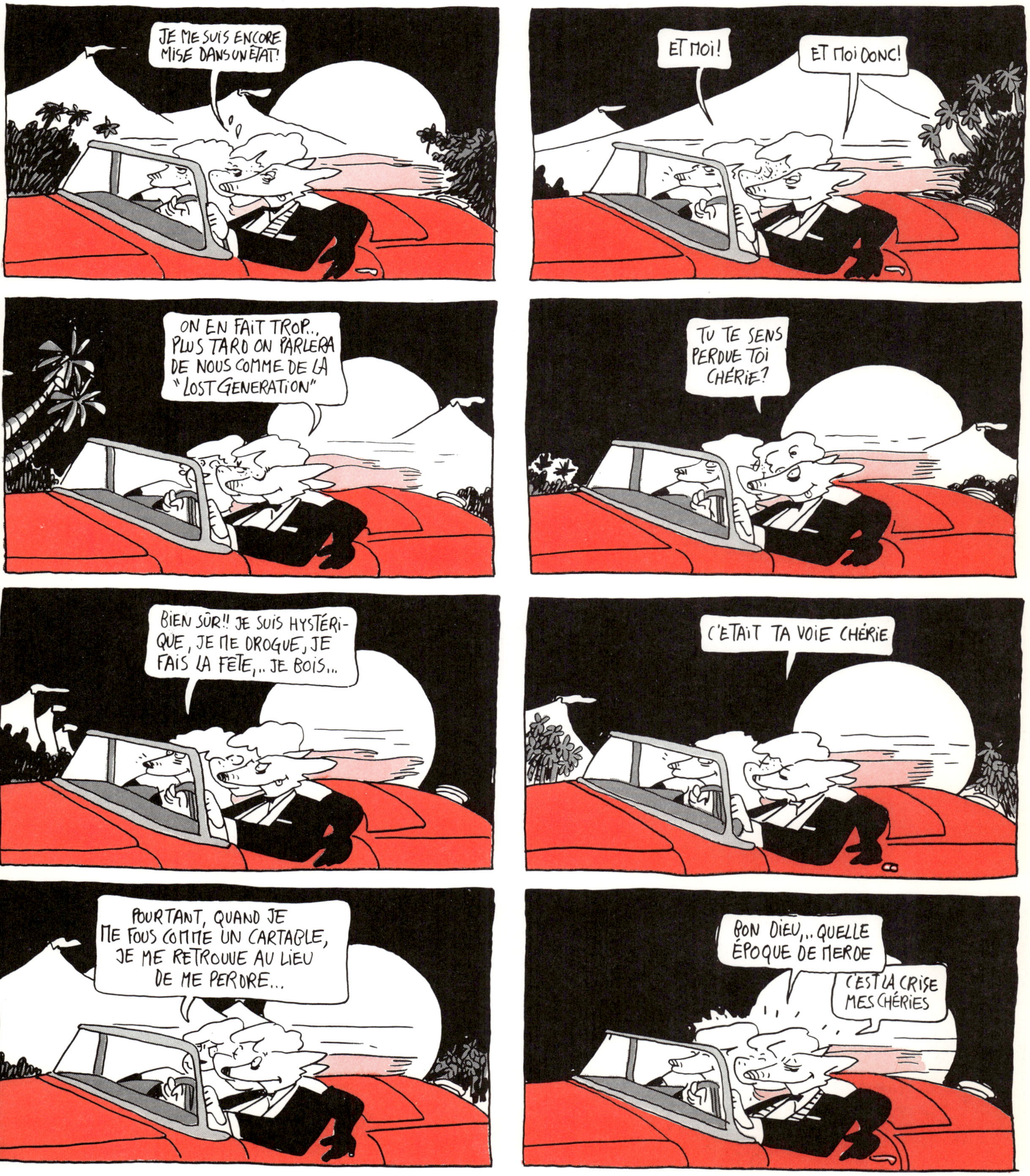

JE ME SUIS ENCORE MISE DANS UN ÉTAT!
ET MOI!
ET MOI DONC!
ON EN FAIT TROP... PLUS TARD ON PARLERA DE NOUS COMME DE LA "LOST GENERATION"
TU TE SENS PERDUE TOI CHÉRIE?
BIEN SÛR!! JE SUIS HYSTÉRIQUE, JE ME DROGUE, JE FAIS LA FÊTE,.. JE BOIS...
C'ÉTAIT TA VOIE CHÉRIE
POURTANT, QUAND JE ME FOUS COMME UN CARTABLE, JE ME RETROUVE AU LIEU DE ME PERDRE...
BON DIEU,.. QUELLE ÉPOQUE DE MERDE
C'EST LA CRISE MES CHÉRIES

ACCROCHE-TOI À MOI

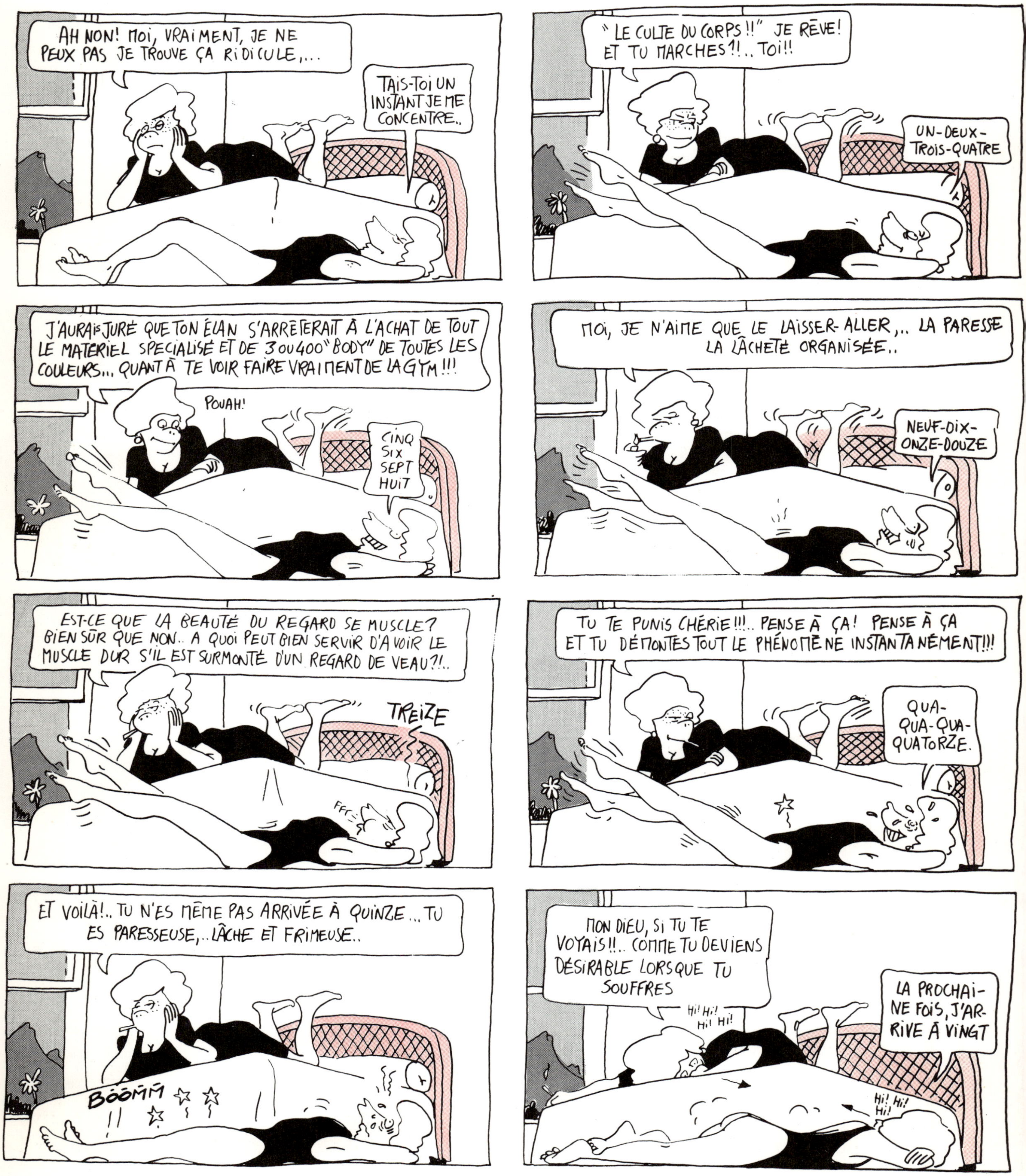

UN MOMENT D'ÉMOTION

FAST FOOD

AH! ÇA Y EST! LA GRANDE CHALEUR ARRIVE!!
......
VOILÀ UN AN ET DEMI QUE JE VIS AVEC CE MEC... RÉSULTAT?
TRENTE-CINQ À TANGER!
ET, ATTENTION!.. LE BAROMÈTRE MONTE ENCORE!
JE SUIS EN TRAIN DE RATER MA VIE.. DOUCEMENT MAIS SÛREMENT
... JE SUIS PHYSIQUEMENT EN PLEINE FORME... ET DANS MA TÊTE?
TON CERVEAU A RAMOLLI À LA VITESSE RECORD... VOILÀ MA FILLE, VOILÀ..
VOUS ALLEZ POUVOIR BRONZER À MORT, VOUS QUI ADOREZ ÇA!..
QUELQUE CHOSE QUI RESSEMBLE À DE LA SAUCE BLANCHE VOILÀ TA CERVELLE MA FILLE, VOILÀ
MOI,.. DE TOUTE FAÇON, JE VOUS AIME COMPLÈTEMENT CUITE, GRILLÉE AVEC SEULEMENT LA TRACE DU BIKINI
?
SOYEZ GENTIL,.. AU LIEU D'UN NOUVEAU BIKINI, OFFREZ-MOI DEUX MOITIÉS DE PETITS PAINS RONDS, AINSI JE ME SENTIRAI DANS LA PEAU D'UN VÉRITABLE HAMBURGER
??, MAIS?
PAUVRE NAZE

JALOUSIE

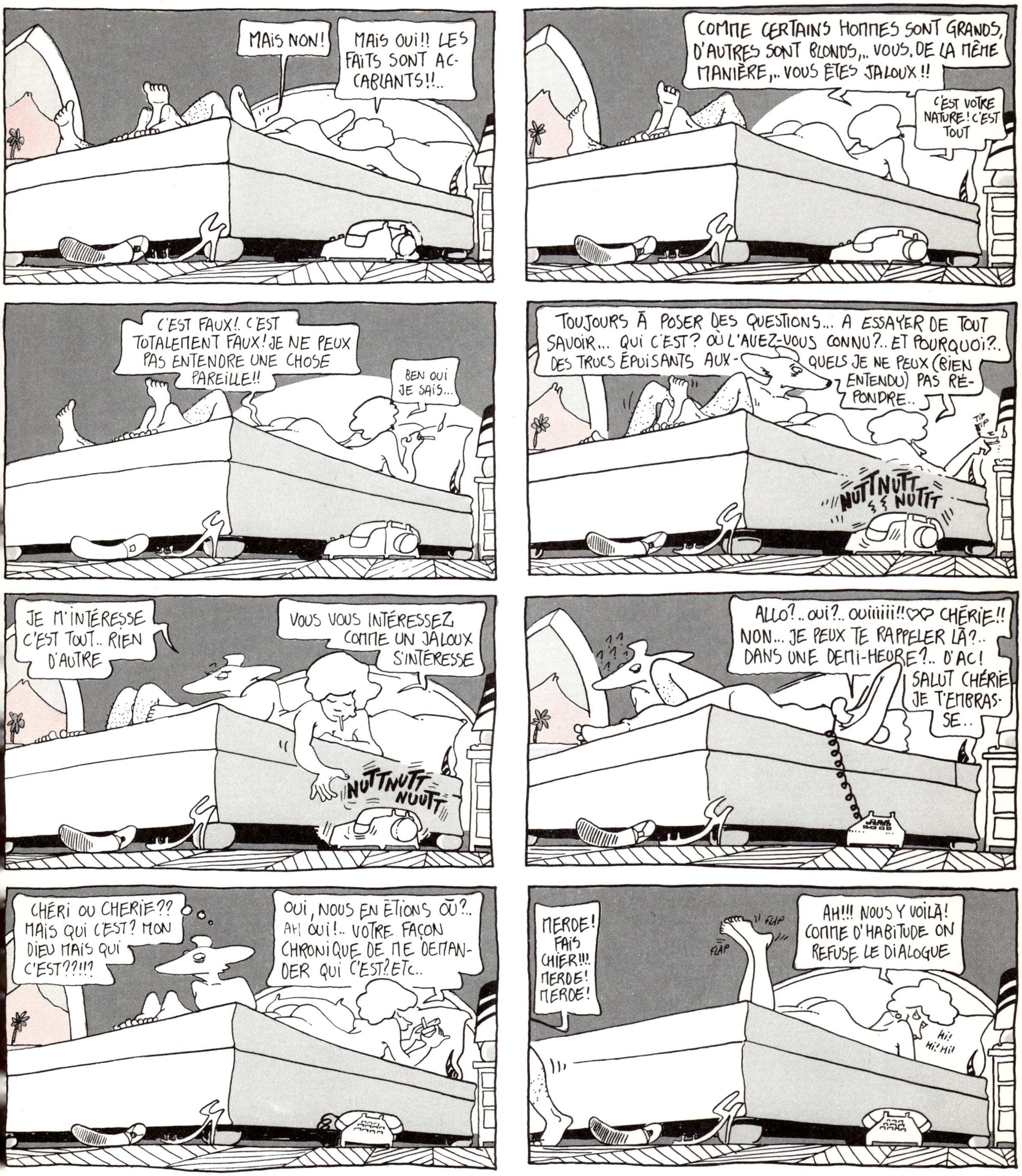
MAIS NON!
MAIS OUI!! LES FAITS SONT AC-CABLANTS!!..
COMME CERTAINS HOMMES SONT GRANDS, D'AUTRES SONT BLONDS,.. VOUS, DE LA MÊME MANIÈRE,.. VOUS ÊTES JALOUX!!
C'EST VOTRE NATURE! C'EST TOUT
C'EST FAUX!. C'EST TOTALEMENT FAUX! JE NE PEUX PAS ENTENDRE UNE CHOSE PAREILLE!!
BEN OUI JE SAIS...
TOUJOURS À POSER DES QUESTIONS... A ESSAYER DE TOUT SAVOIR... QUI C'EST? OÙ L'AVEZ-VOUS CONNU?.. ET POURQUOI?.. DES TRUCS ÉPUISANTS AUX-QUELS JE NE PEUX (BIEN ENTENDU) PAS RÉ-PONDRE..
NUTTNUTT NUTTT
JE M'INTÉRESSE C'EST TOUT.. RIEN D'AUTRE
VOUS VOUS INTÉRESSEZ COMME UN JALOUX S'INTÉRESSE
NUTTNUTT NUUTT
ALLO?.. OUI?.. OUIIIIII!! CHÉRIE!! NON... JE PEUX TE RAPPELER LÀ?.. DANS UNE DEMI-HEURE?.. D'AC!
SALUT CHÉRIE JE T'EMBRAS-SE..
CHÉRI OU CHERIE?? MAIS QUI C'EST? MON DIEU MAIS QUI C'EST??!!?
OUI, NOUS EN ÉTIONS OÙ?.. AH OUI!.. VOTRE FAÇON CHRONIQUE DE ME DEMAN-DER QUI C'EST? ETC..
MERDE! FAIS CHIER!!! MERDE! MERDE!
FLAP
FLAP
AH!!! NOUS Y VOILÀ! COMME D'HABITUDE ON REFUSE LE DIALOGUE
HI! HI! HI!

LIBRE ET FURIEUSE

RUMSTEACK

QU'EST-CE QUE VOUS AVEZ FAIT AUJOURD'HUI?
TATIE ODILE TU ME COUPES MA VIANDE?
QU'EST-CE QUE NOUS AVONS FAIT? ... DES COURSES
PARDI..
TATIE ODILE, YA DU NERF J'Y ARRIVE PAS..
VOYONS RICHARD!.. TU ES UN GRAND GARÇON,..TU DOIS TE DEBROUILLER SEUL!.
VOUS AVEZ ACHETÉ QUOI?
.. DES BÊTISES!.. QU'EST-CE QUE VOUS CROYEZ? VOUS SAVEZ BIEN QUE NOUS N'ACHETONS QUE DES BÊTISES! VOUS ME LE REPROCHEZ ASSEZ ...
QUAND C'EST CHER SEULEMENT
BIEN SÛR QUE JE PEUX ME DÉBROUILLER
ÇA N'EST PAS CHER CHAQUE FOIS MON CHÉRI
.. QUAND C'EST TOI QUI COUPE MA VIANDE TATIE ÇA M'EXCITE!!
AH! ÇA T'EXCITE?!! EH BIEN C'EST FINI RICHARD.. JE NE COUPERAI PLUS JAMAIS TA VIANDE!!!
QUOI QU'IL EN SOIT VOUS NE ME MONTREZ JAMAIS CE QUE VOUS ACHETEZ
ÇA NE VOUS INTÉRESSERAIT PAS ...
SCHOMP SCHOMP
SCHOMP SCHOMP
AUJOURD'HUI,.. ELLES NE SONT PAS ALLÉES FAIRE DES COURSES, ELLES ONT PASSÉ LEUR TEMPS À BAVER AU TÉLÉPHONE AVEC UN TYPE!
ODILE, À L'AVENIR, COUPEZ LUI SA VIANDE SANS VOUS FAIRE PRIER, CELA NOUS ÉVITERA DES SITUATIONS DÉSAGRÉABLES
DONNE-MOI TON ASSIETTE RICHARD CHÉRI
SALE PETIT MERDEUX
AH! TU VOIS TATIE! JE SAVAIS QUE TU DIRAIS OUI!!..

NE CHANGEONS RIEN

Imprimé en Belgique par Casterman, s.a., Tournai. Dépôt légal: avril 1988; D. 1988/0053/95.